KB120606

하모니카를 찾아서

시작시인선 0330 하모니카를 찾아서

1판 1쇄 펴낸날 2020년 6월 10일
지은이 이강산
펴낸이 이재무
책임편집 차성환
편집디자인 민성돈, 장덕진
펴낸곳 (주)천년의시작
등록번호 제301-2012-033호
등록일자 2006년 1월 10일
주소 (03132) 서울시 종로구 삼일대로32길 36 운현신화타워 502호
전화 02-723-8668
팩스 02-723-8630
홈페이지 www.poempoem.com
이메일 poemsijak@hanmail.net

ⓒ이강산, 2020, printed in Seoul, Korea

ISBN 978-89-6021-488-0 04810
       978-89-6021-069-1 04810(세트)

값 10,000원

＊이 책은 한국문화예술위원회 2018년도 아르코문학창작기금을 받았습니다.

하모니카를 찾아서

이강산

천년의시작

시인의 말

사람의 말이 한 마디도 닿지 않는 날이 늘어간다.

외연도 동백처럼 홀로 붉어지는 날들이다.

길 떠나면 어디서든 섬이 되고

어디서든 내가 피고 진다.

2020. 연두 곁에서
이강산

차 례

시인의 말

제1부

심연

노원구 중계본동 산 104-1번지 언덕길의 절정,

평생을 걸어서 이제야 닿은 듯 유모차를 끌고 가는 노파
가 막 가라앉고 있다

저 바닥에 이르려면 나는 아직 멀었다

연두

이제 집에 걸어둘 만한 사진을 찍어도 되는가 철거 다큐
따위는 내던져도 되는가, 나는

이제 깃발을 내려도 되는가 눈비에 쭈그려 앉은 광장을
그만 떠나도 되는가, 나는

이제 장돌뱅이 아버지는 지워도 되는가 계급의 지평선,
장터는 잊어도 되는가, 나는

이제 관념으로 기울어져도 되는가 연두에 눈먼 열여섯의
눈을 다시 떠도 되는가, 나는

시간을 굽다

속병 덕분에 방 한 칸 얻어 떠나와
맵고 짠 욕망과 인연은 그만 끓이겠다며 잠근 불판 위에
시계를 올려놓고

깜박 침묵의 이불에 눕다 깨어보니
두 시 반이 아홉 시 반으로 익어버렸다

낮이 까맣게 타버렸다

방 가득,
공복의 마음 가득
시간의 누룽지 냄새가 매캐하다

타다 만 모퉁이 시간을 마저 굽고 긁어낸 누룽지가 지장
암 석탑이다

백 년쯤 홀로 견딜 만하겠다

향나무

그리우니 한번 다녀가시라,

임진강이 안부를 전해 와 문산읍에서 버스를 타고 임진
강을 따라가자니

하, 이런 세상이 있는 것이다

율곡리
햇골촌
향나무
인삼밭
박석고개
금파리
장파리

강변 굽이굽이 전설들이 살아있던 것인데

오백 세 향나무처럼 곡이 깊은 웬 어머니가 내린 향나무
가 그중 가슴이 뛰던 것이다

길은 강처럼 보일 듯 말 듯,

나는 장파리에서 무작정 뛰어내려
향나무로 돌아갔던 것인데

임진강이 그럴 줄 알았다며 버스를 잡아주던 것이다

사과 모과

모과뿐인 뒤꼍 모과나무 아래 모과 말고 사과가 있었으면 좋겠다고 생각한 신하동 김 형의 몸이 마른 고구마처럼 절반으로 줄었다

몰라볼 뻔했다

그러께 늦가을 양은 주전자 밑바닥에 눌어붙은 고구마 누룽지를 내게 긁어주었던 김 형의 절반이 소리 소문 없이 사라진 것이다

힘에 부쳐 고구마 농사를 그만둔 때문일까

겨우내 모과의 피를 빨아들인 호수처럼 반쪽뿐인 폐가 몸의 절반을 빨아들인 게 아니라 내가 발을 끊은 탓일까

집을 떠나온 김 형이야 폐와 더불어 견딘다지만 모과뿐인 모과나무 아래 사과가 있었으면,

김 형처럼 어느 집 떠난 사과 한 마리가 날아와 모과나무에 탁란을 한다면, 마침내 핏덩이가 툭 떨어진다면,

어라, 이 붉은 것은?

모과들이 사과 곁에 몰려들어 한동안은 시끄러울 것이고
하릴없이 몸만 축내던 김 형의 반쪽뿐인 폐도 생각이 바뀔
것이고

그러면 고구마밭이 발칵 뒤집어질 것이고

김 형 몰래 김 형의 반쪽뿐인 몸도 시나브로 불어날 것인데,

백발이 아름다운 이유

빠른 길 피하려 샛길 돌아간 보은군 마로면 나무의 머리
카락이 희다
한 잎 남김없이 손을 턴 나무는
저만큼 보아도 나무라는 듯 일가를 이루었다

문 닫힌 마로면 우체국 앞에서 내 그림자와 악수를 나눈
시인의 머리카락도 희다

귀밑이 하얗게 늙어버린 낱말 몇 분,
겨우내 아랫목에 내주고 월동한 탓이려니

그리하여 시인도 저만큼부터 한 그루 나무다

말하자면 그런 까닭이다
매일 밤 시인을 비우고 읍내로 귀가하는 시내버스의 머리
가 희끗희끗 나부끼는 것은,

새까맣게 백발이 무르익는 것은
어느 땐가 교목의 예감으로
생의 순간순간 아낌없이 손을 비운 탓이려니

향수 경매장

옥천 지나다 발목을 잡혀 골동품 경매장에 들어섰더니 별
의 향수 바람의 향수 봄비의 향수 사슴의 향수, 온갖 향수
골동품들이 다 있다

사람의 향수 빼고 다 있다

어깨 수술을 한 나는 이참에 가벼워져야겠다는 꿍꿍이로
금산 중앙극장의 '빨간 마후라'며 첫돌에 피가 멈춘 쌍둥이
동생이며 역전여인숙 순천 여자며

내 모든 최초의 골동품을 꺼내는데 향수 맛이 부족한지
낙찰이 되질 않는다

하모니카를 찾아서

사람들 눈총을 받으며 아파트 지하 주차장에서 중년 남자가 하모니카를 분다
바람맞은 왼팔은 숨겨 두고 오른팔만으로 아슬아슬 분다

아침마다 하모니카 소리와 대치하던 나는
어느 틈엔지 양팔, 두 손으로 마술처럼 부는 선배의 하모니카를 다 잊었다

봄여름가을겨울 안개와 모닥불, 구름과 바람의 고층 아파트가 되어버린 지하 주차장
시시때때 감꽃이 피고 나비가 날았다
별들이 북적거렸다

어쩌다 하모니카가 보이지 않으면
사람들은 미적미적, 남자의 왼팔을 옆자리에 싣고 하루 종일 지상의 하모니카를 두리번거리다가

문득 잊고 지냈던 자신의 하모니카를 발견하기도 하고
녹슨 침을 탁, 탁 털어 불러보기도 하는데
그러면 가슴의 지하 주차장에서 불현듯 경적이 울리기

도 하는데

　언제부턴가 사람들은
　남자가 있거나 없거나 자신의 하모니카를 찾아서 지상으
로 떠나는 것이다
　왼팔이 무사한지 은근슬쩍 만져보는 것이다

완장

그 가을,
나는 모과 도둑으로 살았다

어느 외딴집의 모과에 콩깍지가 씌었던 것이다

두어 차례 모과나무 곁에서 집을 향해 인기척을 냈지만
감감무소식이었다
문틈으로 누워있는 노파가 보였을 뿐이다

나는 노파를 못 본 척,
모과 둘을 땄다
모과의 색에 빠져 남자가 다가서는 줄 몰랐다

모과 나무에게 다소곳이 모과를 돌려주고, 남자의 완장
을 덥석 받아 들고,
나는 이듬해 가을쯤 완장을 벗을 줄 알았다

가을에 모과나무는 베어지고 없었다
모과의 사타구니에 욕창이 생기도록 따지도, 줍지도 않
던 남자였다

노파의 닫힌 문처럼 모과나무를 벤 까닭이 궁금했지만 묻지 않았다

　나처럼 완장을 찬 사람이거나
　아예 모과를 알아보지 못하는 어떤 절명의 칼날이 모과나무를 쓰러뜨렸을 것이다

　남자 몰래 불온한 상상만 했다

여름은 겨울이다

벌 한 마리 끌고 뒷걸음질하는 개미가 힘에 부쳐 죽은 눈
을 부릅뜬 벌 앞에서 벌벌 떤다
그대로 땡볕의 혹한에 얼어붙을 것 같다

4차선 붉은 신호등에 갇혀 죽죽 미끄러지던 쥐 한 마리가
무사히 길을 건넌다
시내버스 창문에서 쥐 떼처럼 박수가 쏟아져 나온다

염천에 누비를 입고 고드름처럼 광장에 꽂혀 있는 남자
는 손발이 붉게 얼었다
허리가 끊어지도록 묶은 모습이 그대로 눈사람이다

오늘

　오늘을 쓰고 버리는 일일 달력을 두고 와 신촌역 4번 출구의 하늘에 오늘, 쓴다

　2002 월드컵 독일전의 밤에도 4번 출구 밖 모텔의 옥탑방 하늘에 오늘, 썼다

　취기에 쓰러졌던 그 오늘이 오늘만 같아서 오늘, 썼던 하늘 한 장을 뜯어버리고 다시 쓴다

　소나기처럼 자본의 사타구니만 어루만지다 동대문 쪽방촌을 기웃거리는 오늘, 이라고 쓴다

　동묘 벼룩시장 옆 골목 성도여인숙 0.8평 달방*, 옥탑방 창우 형의 하늘,

　거기, 무릎 부딪치며 마주 앉아 제육볶음인 듯 별인 듯 삼키던 오늘, 이라고 쓴다

---

* 달방 : 여인숙 월세방.

홍어

나는 왜 하필 바닷가 여인숙에 와서 5월을 넘기는지,

하필 빗발이 들이치는 201호실 쪽창 곁에서
죽은 바퀴벌레와 4시 12분과 쪽창 아래 벽지의 419~3584
를 바라보다가

이불 하나로 꽉 찬 이 방에서 피할 틈도 없이
밤새 빗물에 잠겨 섬처럼 떠있을 나를 염려하다가

문득 죽은 5월을 발견하고서
언젠가 여러 장의 시간을 넘겨 보면서도 차마 한 장의 시
간을 뜯어내지 못한 내게 물었다

이틀 전에 201호실 달방을 떠났다는 사내,
내가 당신의 5월을 넘겨도 괜찮은지
겨우내 4시 12분으로 살았을 당신의 시간을 함부로 수정
해도 되는지

달방 사람들 앉은뱅이 밥상에서
어금니가 아파 홍어를 먹지 못했다는 사내는

홍어처럼 생의 어금니가 삭아서 시간을 잡아두려 했을까

한나절째 시간의 빗발이 이어지는 여인숙 밖에서
지금쯤 바다 가까이 흐르고 있을 사내,

나는 하필 바다가 보이는 쪽창 방을 선택하고
사내의 5월을 넘기고
죽은 4시 12분과 바퀴벌레의 계단을 무사히 내려선 뒤에야
101호실 남자 곁에 쭈그려 앉아 홍어를 먹는다

장미여인숙

졸졸 따라붙는 삐끼 노파에게 달방 월세는 얼마요, 했더
니 18만 원, 하는데 엄마, 고마워, 손 뽀뽀를 날리며 노파
곁을 지나는 여자를 힐끗, 바라보니 3만 원, 한다

정선 동백여인숙보다는 비싸고 청량리 천일여인숙보다
는 싸다

어디서든 장미 한 다발 값이다

소라사진관

목포시 경동 소라사진관은 소라를 찍는다
소라와 소라를 닮은 소라와 소라를 닮지 않은 소라 구분하
지 않는다

소라의 돌, 회갑 출장도 간다
일제 땐 파도의 먼지를 뒤집어쓰고 걸어서 가던 섬,
고속전철 타고 단숨에 간다

소라의 별들이 반짝반짝, 유리창을 두드리면
─북두칠성을 위하여, 2018. 12. 14.
별의 어깨동무도 찍는다

어쩌다 나그네 소라 시인이 찾아오는 날엔
이웃사촌 사슴수퍼마켓이며 바둑이미용실을 초대해
시 낭송 대회를 여는 소라사진관

성북구 어디, 낙향한 서울여인숙 소라 노파가 돌아올 때까지
호박 등을 켜고 등대가 되기도 하면서
집 떠난 흑백 마음도 찍는다

맑은소머리국밥

저만치 낮술을 홀짝이는,
영 서툰 술 솜씨의 여자는 잘해야 마흔두엇, 그 어름

나보다 이십 년쯤 앞에서 생의 탁류에 휩쓸렸구나,
힐긋힐긋 맑은소머리국밥을 먹는다

꽃이든 상처든 무엇인가 손에 거머쥐지 않고서야
저렇듯 확고한 침묵일 수 없는 노릇,

여자는 내 불순을 읽은 듯
내게 해명할 겨를도 주지 않고 홀로 막장처럼 깊어진다

몇 굽이 물살을 건너와 잠시 쉬는 나는
그만 일어서려 하지만 국밥이 발목을 잡는 것이어서

마주 앉은 채 공연히 민망해지다가
당장이라도 소의 눈물을 떨굴 것만 같은 여자와 국밥과
낮술의 필연에 골똘해지다가

불현듯 생의 골짜기를 휘어 도는 나의 탁류가 눈에 밟혀
조용히 맑은소머리국밥을 휘젓는 것이다

당신을 외운다

삼 층 벽돌집을 타고 오르는 장미꽃 덩굴을 보면서
거대한 직선을 거부한 곡선이 놀라워서
오리 한 줄로 걸어가는 장미꽃의 저수지가 궁금해서
당신을 외운다

뒤뚱뒤뚱 곡선의 말단이라도 따라가고 싶어서
말단의 끝 나의 저수지가 궁금해서
속도와 직진을 버린 당신의 걸음,
먼먼 우회를 외운다

제2부

첫 배를 타야겠다

꼭 한 사람 찾아가야겠다

웅크리고 앉아 바다를 뒤집어쓴 섬이 컥컥, 숨넘어가는
소리로 뒤척여 바다를 잡아당기다 잠을 깼다

섬 홀로 두고 온 날은 꿈도 섬처럼 아득하다
닻을 내릴 틈도 없이 사라진다

팽나무 아래서 슬그머니 바다를 찔러보던 나처럼 지금쯤
섬도 선착장에 앉아 밀물을 집적거리고 있을 것이다

그런다고 배가 달려오는 게 아니다
섬도 안다

외로워야 먼 길이 가까워진다
찾아갈 사람이 보인다

늦기 전, 첫 배를 타야겠다

손님

고향여인숙 9호실 불이 켜지자 간판 불이 꺼졌다
나는 또 마지막 손님인 모양이다

명성식관 소머리국밥집은 내 앞에서 문이 닫혔다
나는 속병이 심해져서 맨밥만 먹을 것인데,
이대로 잠들면 빈방처럼 속이 캄캄해질 것이다

서쪽 바닷가의 불 꺼지는 시간을 모르고 너무 멀리 밤길
을 잡았다
느린 걸음을 탓할 이유가 없다

부스러진 보름달로 속을 채우며 거울을 본다
그러고 보면 여기까지 닿는 동안 내 빈방에도 하나둘 손
님이 들었다

정선 구절리의 눈보라와 소청도 동백은 겨우내 달방 손
님이다

오늘 밤 9호실 십오 촉 전등 같은 불 하나가 또 켜졌으므로
사흘째 빗발이 숙면 중이므로

나도 이쯤에서 내 간판의 불을 끌 때,

나는 먼바다를 건너온 밀물의 신발을 방 안에 들여놓는다

벚꽃 식당

그러니까 고향 금성면 하류리 상가의 병풍 너머 목관 썩
는 냄새가 진동하던 그 말복이다

벚나무 겨드랑이 어디, 갈비뼈 근처 어딘가 매미들이 8촌
조부처럼 절명의 곡哭 흩날리던 그 폭염이다

토끼와 개와 닭과 미꾸라지의 주검 곁에 앉은 사람들, 문
상하듯 차례차례 고개 꺾는 염천,

그 염천의 지게 짊어지다 고꾸라진 조부의 유언, 벚꽃 피
는 날 꽃 잔치나 벌여야겠다, 그 궁핍한 유언,

다 잊은 척 토끼와 개와 닭과 미꾸라지가 육두문자를 날
리며 윷판이나 벌리면 딱 좋은 말복이다

욕

섣달 초이렌 줄도 모르는지 웬 정신 나간 돼지가 벌거벗은 채 '고기 굽는 남자' 속으로 걸어가며 두 손을 겨드랑이에 끼고 오들오들 떤다 이틀에 한 번씩 어김없이 문을 여닫는 풍경으로 보아선 고기 굽는 남자와 무슨 필연이 있다는 뜻인데, 행여 숯불로 언 몸을 덥히려는 것이라면 다행이겠다, 하는 내 속을 들여다보았는지 남자의 문턱을 넘던 돼지가 나를 향해 벌거벗은 팔뚝을 꼿꼿이 세운다

이쁜이 유감

　효촌마을 골목 책가방만 한 이쁜이 식당은 문 닫기 전까지 이쁜 밥을 팔았을 것이다
　내가 닿기 전에 떠난 이쁜이 식당 사람들도 밥처럼 이뻤을 것이다

　십중팔구 주인의 주름도 이뻤을 것이다

　간판만 남은 정동여인숙 이쁜이집 삐끼 노파와 2만원짜리 하룻밤도 이뻤다
　용암사 뻐꾸기 속살을 더듬던 여우비,
　멋모르고 여우비를 따라간 풍경 소리도 이뻤다

　그러고 보니 나와 눈 맞춘 이쁜이들은 죄다 사라졌다

　계족로336번길 양철 대문 앞 계단에 앉아 물끄러미 바라보는 늙은 자전거도 이쁘다
　자전거의 손목 잡고 나란히 오르막길을 걸어가는 아흔둘 노인도 이쁘다

　자전거도 노인도 앞서거니 뒤서거니 이쁜이 식당처럼 문

닳고 떠나겠지만
　　나는 이미 사라진 이쁜이를 여럿 알아서

　　이제부턴 내 곁에 오래도록 남아있을 추한 것들에 대한
편애를 궁리해 보는 것이다

고구마 호수

호숫가 늙은 여인이 고구마를 캔다

육지의 섬 같은 호수,
꽃을 든 청년이 성큼성큼 걸어가 닻을 내린
그 언덕배기

한사코 호수 쪽으로만 핏줄을 대던 고구마의 태를 끊고 있다

밭은 어느덧 붉은 호수다
봄마다 피어나는 청년의 붉은 꽃 같은

호수에 발목이 잠기는 줄도 모른 채 여인은 한 뿌리, 한 뿌
리 호수를 캔다

짐작건대 호수의 뿌리를 어루만지는 저 여인도
한때는 꽃을 품은 청년이었을 것이다

나도 그런 날이 있었다
붉어지고 싶어서,
멋모르고 내 몸의 뿌리를 캐던 시절

그러나 지금은 고구마만 보아도 저절로 붉어지는 때,

꽃을 깜박 잊고 왔는지
고추잠자리 청년 하나가 호수에 발을 담그다 떠난다

탁류

흐린 기억들이 나를 맑게 한다

기억의 탁류에 휩쓸려 여기까지 왔다

오는 동안 자정自淨을 거듭했으니

나 한 컵 따라서 마실 만하겠다

송이도

내일은 밀물에 젖으려고요

지금은 빈 바다 나 홀로

갯벌의 마음 바람의 눈물

먼 길 사무친 당신의 유랑

내일은 첫배처럼 섬에 드는 날

생에 단 한 번 마지막인 듯

당신의 밀물에 젖으려고요

바람 행주

서남단 가거도의 겨울 밥상을 정성껏 닦는다

이처럼 치밀한 행주질을 뭍에서 본 적 없다

막차 떠나자 민박집 여주인은 초저녁 일찌감치 창밖에
빨아 널었다

주인의 손이 매웠는지 밤새 마른기침을 한다

저러다 각혈이라도 할까 싶어 훔쳐보지만

내 방의 빨랫줄이 가득 차 들여놓을 수가 없다

이대로 사나흘 밥상을 오르내린다면

가거도, 가거도 행주산성이라도 쌓을 듯하다

물병

들고 가던 물병이 무거워 물을 마셨더니 몸이 무겁다

내 구두코 닦아준 구두약 장수의 시꺼먼 구두약 통은 내 구두코 때문에 조금 밝아졌다 안색이 침침하던 지하철 5호 선도 덩달아 밝아진 듯싶다

물병을 마저 비운 몸이 왼쪽으로 기울어 광나루 왼쪽 출 입구로 내렸다 나처럼 몸이 무거워 배가 못 뜨는지 나루터 쪽에서 몰려오는 사람들이 귀안歸雁이다

몸을 비우면 배가 뜨려나,

나를 기울이면서 구두코가 반짝, 소리친다

곡우穀雨

옥천군 동이면 현동리,
집집이 사람보다 꽃이 많아 꽃밭 같은 가문골

단비가 내려 꽃잎마다 바람께나 피우겠구나 싶었는데
아뿔싸, 족두리꽃엔 햇살이 들고 범의꼬리엔 빗발이 드
는 풍신이라니

그러거나 말거나 북향 언덕길 윗집은 꽃을 뽑고 아랫집
은 꽃잎 쌈밥을 먹는다
만개한 개양귀비꽃이다

조금 전 나는 서쪽 꽃밭에서 풀린 개와 묶인 개들이 마주
선 채 비다, 여우다, 아등바등 양귀비꽃처럼 붉어지는 풍경
을 쓸쓸하게 바라보았다

남쪽 꽃밭에선 홀로 앉은 고양이와 노파도 보여 개와 양
귀비 꽃밭이 오히려 따뜻하게도 여겨졌지만 나는 꽃잎만 한
내 안의 쓸쓸함과 따뜻함의 거리가 십 리는 되는 듯싶었다

이 마을 막다른 골목 언덕배기 꽃밭,

어느 땐가 고양이의 조부나 노파의 어미를 홀리며 여우가
오르내렸을 법한 높은댕이집,

그 원두막에 올라 펼쳐 든 열 손가락 끝마다 기껏 한 송이
씩 피어있는 이 자그마한 꽃밭에서
십 리는 먼 거리다

밤마다 높은댕이집 주인이 원두막에 누워 손끝으로 집적
거리는 별보다 아득한 거리다

어쨌거나 족두리꽃엔 눈길도 주지 않은 여우비,
송화에 발길 끊은 노인들보다 앞산의 뻐꾸기가 먼저 마을
회관 문을 연 것은 그 여우비 덕분이다

문어 양말

부산 자갈치 시장 한복판에 양말 좌판 하나 앉아있다

언젠가 충청도에서 왔다며 갈치구이 한 점을 덤으로 얻어
먹은 충청도 횟집 앞이다

납새미, 박대, 병어, 달갱이, 고동, 양말, 군소, 아귀,
은갈치……

활어들의 망망대해,

한 점 섬이다

해삼 같은 남자의 맨발에 놀란 문어들이 오며 가며 양말
한 짝씩 벗어준 게 틀림없다

즐거운 예감

먼먼 석기시대엔 비둘기호를 타기도 했지만 광속의 세월에 이보다 더 느릴 수는 없으므로 무궁화호를 타고 장례식장에 가면서

어느 밤 타박타박 무궁화호를 타고 영등포 장례식장에 들러 너무 빨리 떠난 김 형 앞에서 무릎 꿇었던 기억이며 또 어느 밤 남원의 상가를 다녀오며 무궁화호 계단에 앉아 덜커덩덜커덩 졸다 깨다 목뼈가 부러질 뻔한 기억이며

낡은 아궁이 같은 몸속으로 서리서리 얽힌 기억의 장작들이 피워 올리는 연기가 매워서

연기를 헤치고 가만히 들여다보자면 제멋대로 걸음을 멈추고 담배 한 대씩 태우던 열차의 느긋함이 그나마 나를 주검 멀찌감치 부려놓았던 것이어서

나는 나를 만나러 가는 듯 종종 주검을 향해 떠날 때마다 차라리 아주 느려서 끝내는 닿지도 못할 열차에 대한 예감을 은근슬쩍 즐기는 것이다

마침, 뻐꾸기가 운다

옥천읍 삼청리 삼청저수지 지나 문 닫은 향수 한우 공장 마당 죽은 나뭇가지에 산비둘기 두 마리 앉아 비를 맞는다

비는 마침 장맛비,
홀로 우뚝한 나무 곁은 나무처럼 텅 비었다

지나가는 전깃줄이 전부다
장맛비가 전깃줄인 줄 알고 날아오르다 전깃줄에 걸린 참새 한 마리가 전부다

저만치 맞은편 덤불 속에 개복숭아 나무가 숨어있긴 하다
장맛비를 피하다 넘어졌는지 온몸이 붉다

나는 나를 우산으로 가리며 복숭아 곁을 지난다
산비둘기와 참새와 전깃줄이 요지부동으로 힐긋거리는 눈치가 뻔하다

나를 지켜보겠다는 심산이다
참외밭이며 까투리를 그냥 지나쳤는데, 내가 개복숭아 따위를?

나는 개복숭아밭 언덕 위 산방 꽃집의 다섯 자매가 복숭아를 좋아할까, 백일 지난 다섯째의 젖병에 복숭아즙을 섞어도 탈이 없을까,

은근슬쩍 바라보았을 뿐이다

까투리가 날아간 용암사 뒷산이 보이지 않는다
지난해 장마에도 산을 못 보았다

그날,
지나가던 사내에게 개복숭아가 털렸던 날처럼
마침, 뻐꾸기가 운다

석류

석류나무엔 그늘이 없다
유월 어디서든 석류나무 아래 서보면 안다
아, 석류!
반갑게 다가서다가
느닷없이 석류꽃에 맞아보면 안다
한순간 통증이 번지는 몸 어디선가
석류꽃 피멍이 드는 것처럼
붉고 뜨겁고 환해지다가
마음의 그늘마저 사라지는 것을 안다
행여 석류꽃의 물살에 잠기면
몸속의 도랑을 타고 오르는 물소리에 젖어
언젠가, 유월 언젠가
당신의 나무 아래 서서
당신의 붉은 꽃에 맞아도 보고 싶다며
잠시 나를 잊는 나를 안다

제3부

섬

오늘까지 내게 정박하고도 나를 찾지 못한 것처럼

이 섬에서 내가 찍지 못한 사진 한 점,

을녀

내게 사흘간 머물다 떠난 꽃 이름을 붙여 둔 유리창 창틀에 새 한 마리 앉았다

비울 말이 많았던 모양이다
두리번두리번 독백을 쏟는 그림자가 상강霜降의 감나무 잎처럼 흔들린다

나도 언젠가 섬 어디 남향의 창틀에 앉아 그림자를 드리운 날이 있었다
사람의 말을 지우던 길이었다

문득 새가 꽃처럼 여겨져
사흘만 내게 머물러주었으면, 숨소리조차 죽이고 바라보던 것인데

등 뒤의 인기척을 직감한 것일까
새는 금방 떠났다

내 손목을 잡고 뭍까지 따라온 섬을 뿌리친 것처럼
눈길 한번 주지 않고 새는 떠났다

홀연 날아가는 몸맵시가 꽃을 닮아서
나는 숨소리를 더 죽였다

풍탁風鐸

지금까지 채운 것 다 비우고 호수는 물뿐이다
바람의 손끝만 닿아도 심연까지 번지는 저 투명한 공명이
라니

강원여인숙 102호실 문밖,
어느 방에선가 여인의 소리도 호수처럼 맑다
만 원짜리 지폐 두 장만으로도 떨리는 저 여인의 풍경이라니

세상의 호수와 여인숙을 건너 가까스로 이순의 추녀에 매
달린 나는
아직 숨소리조차 둔탁한 쇠뭉치

역마의 속병이 도지는 어느 땐가 뼛속까지 가벼워지겠지만
지금은 한 점 소리가 목마른 때,

탁란처럼 나를 두들겨줄 바람이여

능청에 대하여

문밖에서 내 모자를 집적거린 나방에 대하여

시치미를 뚝 떼고 내 방까지 따라온 도발에 대하여

제멋대로 옷걸이에 걸터앉은 무례에 대하여

검은 모자에 흰 나방,
옷걸이의 어깨와 날개의 어깨,

이 절묘한 대비에 대하여
이 공존의 필연에 대하여

모르는 척 즐기는 나,
방에 대하여

여지

　세상의 문 굳게 잠가두었던 소사나무의 가지가 입춘 즈음
에 스스로 두엇을 내쳤다

　겨울 추위가 유난했다
　가지의 상처 너머 바람이 보인다

　곡우부터 상강까지 갖은 바람들이 소사의 잠긴 문 앞을
기웃거리다 돌아섰다

　침묵으로,
　더러는 나뭇잎의 머리채를 흔들며

　소사 홀로 무거워지다가 스스로 가지를 비웠는지 모른다
　바람의 마음을 읽었다면 다행이겠지만,

　소사와 더불어 늙은 유구의 선생 곁에서 나도 소사처럼
서너 차례 월동하였다
　그새 생의 잔가지 몇 점 늘었다

　─가지를 비우고 바람의 틈을 열어야 나무가 사는 거야

소사 같은 선생의 말씀이란
내 생의 가지를 비우고 바람을 모셔야 한다는 것,

내가 바람을 모시는 게 아니라
바람의 빈 가지 틈에서 내가 살아간다는 것,

가시나무

첫돌 지난 장수매가 꽃 한 송이 품고 세한歲寒을 견딘다

가시로 살짝, 꽃을 가리었다

저것,
가시 돋친 어린놈이 꽃을 품는 것,

따지고 들자면 버르장머리 없는 일이지만 어쨌거나 장
한 일이다

저 꽃망울의 겨울이란
제 생의 온 겨울일 터,

몸속의 가지마다 가시 돋치는 소리 여전한 나는

대체 무슨 꽃 한 송이 피우려 세한 걸어가는 중이냐

꽃병

봄 신호등에 걸린 낡은 자동차의 앙가슴에 진달래 두어 가지 꽂혀 있다

저 여인도 꽃에 사무쳐 꽃 품고 가는 것이라면 십중팔구 나처럼 꽃병 든 거다

내 몸의 골짜기마다 꽃인 것처럼 꽃 품고 사는 봄도 꽃병 인 줄 여인도 알았으련만

봄과 여인과 나, 누구의 꽃병 바닥이 깊을지는 도무지 모 를 일이다

순정한 시간

원앙여인숙 간판에 불이 켜졌다
목 꺾인 늙은이가 하나둘씩 달방으로 들어간다

역전 통 뒷골목, 인력시장 채소전
그 뒷골목

여인숙 간판들이 붉은 기지개를 켜는 저녁
퇴근길의 동태와 열무와 순대국밥이 일제히 목장갑을 벗
고 지폐를 센다

천 원짜리 지폐를 한 장, 한 장 펼쳐서 세고
지폐의 머리를 돌려 다시 센다

마치 이렇게 해야만 하룻밤이 무사하다는 것처럼
지폐를 넘기는 고요한,
순백의 몰입

그 손놀림을 훔쳐보자니
아주 오래전 내게도 저와 같은 풍경이 있었다

눈 내리는 장터 바닥이었다
톱 장수 아버지의 가마니 위에 쭈그리고 앉아 지폐를 세던 어린 날

장돌뱅이 역마의 습작이 눈사람처럼 쌓이던
순백의 밤,
내게 그처럼 순정한 시간은 다시없었으니

그 추억의 지폐를 넘기는 밤마다 내 생의 달방에 깜박이던 것들이란
저 여인숙 간판 같은 불빛이었는지 모른다
순정한 시간의 불빛이었는지 모른다

음모

나는 문명이라든가 소음이라든가 누군가로부터 멀어지 겠다는 욕망으로서가 아니라 말라버린 내 고요의 우물을 적 시려 섬을 찾은 것인데

섬은 발 디딜 틈 없이 바람의 파랑으로 북새통인 것을, 어찌하여 섬은 뭍을 잊은 채 먼먼 섬에 홀로 남아있는 것일 까 이 소요를 견딘다는 것은, 나보다 깊이 밑바닥 타들어 간 까닭일까

내 속 은밀히 들여다본 듯 섬은 눈보라의 자물쇠로 나를 가두고, 뚝, 시치미를 떼고 침묵하는 것은, 나처럼 무릎뼈 가 결린 듯, 마른 우물이 젖을 때까진 뭍을 잊겠다는 꿍꿍 인 듯

숙취

동쪽 호수에 홀로 와서 병째 들이켠 노을이 독했는지 사
흘째 깨질 않는다

전화를 받지 않는 안마도의 눈발이 염려되어 문득 다녀
오던 날이다

몸속에 호수의 피를 투석하면 맑아지려나, 몰래 호수만
지켜보던 날이다

밥솥

모옥茅屋 한 채,
넷째 아들로 입양한 토끼의 생일 선물이다

두 살배기 토끼의 등 따스운 아랫목이고 밥솥이다
밥맛 좋은 날엔 슬금슬금 몇 숟가락 더 퍼먹고 밥솥 중턱
에 유리창을 낸다

—밥솥에 숟가락 대지 마라

어머니의 금기를 어긴
나의 일탈을 엿본 게 분명하다
숟가락 자국을 지우기 위해 밥을 흩어놓는 모양도 나를
빼박았다

토끼보다 먼저 입양한 동쪽 호수,
가뭄 끝에 가까스로 물밥 지어낸 호수의 밥솥을 들여다
보자면
금복주 병이며 낡은 군화의 흉터가 선명하다

십중팔구 식탐 강한 막내가 어머니 몰래 퍼먹은 숟가락

자국일 터,

　　그러나 밥이 맛있다는 이유만으로 금기를 깨뜨릴 수 있다면
　　나는 세상의 모든 밥솥을 열어보고 싶지만

　　밥솥이 없는 경우, 예컨대
　　청량리 588의 유리창에 호수처럼 고여있는 철거 번호, 철
거 번호 같은 여자들
　　한때 여자들의 밥솥이었을 종로46번길 무안여인숙,

　　이런 경우,
　　아예 숟가락도 없는 경우……

　　토끼의 밥솥,
　　모옥 한 채 선물하고 싶다

목련 주사酒邪

반나절 봄비 마신 목련의 치아가 하얗다
입술 틈새 봄 냄새,
독하다

취기에 다리가 풀려 저녁내 휘청거리는 모양으론 엊그제 꽃
집 트럭에 치인 무릎은 다 아물었다는 뜻이려니

그날 분이 덜 풀린 모양이다
제 곁에 소주병 들고 가는 남자의 목덜밑 낚아채는 솜씨라니

그것으로 취하겠느냐,
힐끗대는 눈빛이 하얗다

그런다고 생의 통증이 지워지겠느냐,
하나둘쯤 품고 견디면 아무는 것을

독백마저 새하얀
입술 틈새 봄 냄새,
독하다

수

수,

덜 익은 수박을 뱉으며 이름의 절반을 잘라 부른다
내 딴엔 절반쯤 익은 수박의 이름값을 제대로 쳐준 셈이다

저 홀로 버림받았다는 것처럼 박이 떠난다
뒤돌아보지 않는다

오늘까지 한 몸으로 걸어온 길을 생각하자면 애틋한 일이다

홀로 남은 수를 거두자니 수가 너무 많다
상처며 사랑이며 욕망이며, 덜 익고 덜 무르고 덜 아프고
덜 붉은 것들

잔인한 일이다
이름이 짧아 아예 이름을 잃어버릴 나에겐 치명적인 일이다

통정痛情

비상금을 털어 얼굴도 모르는 여자에게 이백만 원을 빌려
주었다
고등학생 아들과 함께,
혼자 산다는 여자는 마음이 가시처럼 아프다 했다

오래전 염천의 밭을 떠돌던 어머니
수박 가시 배추 가시 고추 가시가 박혀 있던 그즈음,
이백만 원을 빌려 결혼한 나에겐
어쩌면 여자에겐 더더욱
살 한 점을 잘라내는 일이었다는 생각을 하자니
얼굴을 모르는 게 차라리 다행이었다

여러 해 전 늦가을이었다
여자의 어머니를 대둔산 지장암에서 마주친 것은,
말기 위암이었다

어머니는 노승처럼 흔들리며 숲길의 뻐꾸기 울음을 쓸었다
골짜기마다 울음의 낙엽이 쌓였다
나는 어머니를 찍고 산을 내려와 다 잊었다

어머니가 세상을 떠난 날,
어머니를 찾아 난데없이 여자의 문자가 내게로 왔다
어머니를 보고 싶어요……

문자를 읽는 종종 뻐꾸기가 울었다
나는 울음의 낙엽을 주체할 수 없어서
언젠가 고등학생 아들이 이백만 원을 빌려 결혼할 것만
같아서
얼굴도 모르는 여자에게 나를 빌려주었다

내가 짧아졌다

손에 쥔 것을 풀고 다시 쥔다
쥐는 것의 무게에 끌려 걸음이 빨라진다

이대로 길 끝에 닿을 수 있을지

들여다보면 어제의 내가 아니라 다행이지만
나는 어느새 나를 다 써버린 듯
그림자조차 짧아졌다

더 가볍거나
더 느리거나

내일도 모레도 반복될
나와 나,

길이 끝날 때까지는
나를 좀 아껴 쓸 일이다

살구

오늘도 살구가 떨어지고
살구를 주우려다 살구를 밟고
발바닥 가득 살구의 신음이 고이고
어제보다 깊어지고

오늘도 마음이 떨어지고
마음을 주우려다 마음을 밟고
발바닥 가득 마음의 신음이 고이고
어제보다 깊어지고

제4부

무러볼말

나는 노랑아기사과를 닮은 옥천 송설산방 다섯 자매의 막내 다현이에게 무러볼말이 있다

왜 사과보다 둥근지
왜 노랑보다 예쁜지

나는 구리시 인창주공아파트 310동에 사는 강아지 쪼코에게 무러볼말이 있다

왜 사람보다 사람 같은지
어떻게 마음을 감추는지

나는 나이팅게일 요양원, 내 삼 남매의 할머니에게 무러볼말이 있다

―할머니한태무러볼말있으면전화해

그날 대체 어딜 다녀왔는지
왜 아무 말 못 하는지

살구씨, 살구 씨

마을에 살구가 귀해서 살구나무 아래 지켜 섰다가 떨어지는 살구나 먹다 버린 살구의 씨를 모아 조무래기들은 밤마다 기와 공장 마당으로 모였다

살구씨 따먹기를 하는 것이다
자치기와 연싸움 빼면 그게 놀이의 전부였던 시절,

기와 공장 언덕 아래 오리 목을 치던 통나무를 살구나무처럼 바라보던 통나무집 셋방 큰아들은 살구씨를 다 잃은 날이면 전구를 집어넣고 양말 뒤꿈치를 깁던 엄마 곁에서 떼를 썼는데

어라, 우리 살구 씨 눈물 흘리네
어머니는 양말을 흔들며 놀려댔던 것이다

그 시절의 살구 맛엔 어림없는 살구 몇 알 품고 와 살구 씨 왔어요, 여든아홉 어머니 앞에 큰아들이 전구 양말처럼 살구 봉지를 흔드는데

그게 살군 줄도 모르고
어머니는 살구씨 같은 눈물만 흘리는 것이다

톱 장수 이 씨가 살아있다고 믿는 세 가지 이유

아흔넷 부강철물점 김 씨가 이제 환갑 지난 아들을 보고
이 씨 형님인 줄 부들부들 손 내미는 것

30년 전 이 씨의 장터 맞은편 신설집의 30년 전통 순대국
밥 간판이 그 자리, 그대로 살아있는 것

암탉 꽁무니를 쫓아 장터를 뛰어다니던 봄볕이 이 씨를
마중하듯 신발 벗고 다소곳이 앉아있는 것

무조건 자유

무조건 만 원짜리 신발 난전에서 휠체어를 탄 여자가 하이힐을 고른다

딸 구두겠지, 싶은지 신발 주인이나 장꾼들은 여자에게 관심이 없다

만 원이 없는 나는 무조건 만 원에 눈이 팔린 사람들 틈에서 여자만 훔쳐보다가

굽 높이가 다른 짝짝이 구두로 걸음의 자유를 얻은 봉충다리 사촌을 떠올리자니

여자가 고르는 것은 딸의 구두가 아니다 휠체어 밖으로 날아갈 무조건 자유다

금요일은 분홍이다

한나절 마늘 꼭지를 따고
깜박, 사람을 못 알아보는 동춘요양원 601호실 정옥연
씨에게 바나나를 까주고
한나절은 옥천산방 꽃밭에서 홀로 지내고

바나나 껍질처럼 물러터지다가
쥐똥나무 열매처럼 까맣게 오므라들다가

이젠 죽음 말고 아무 할 일도 없는 정옥연 씨처럼 휘청휘
청 삼청저수지 둑길을 걷다가
어제의 직진은 버리고 우회하다가

나는 지금 어디에 있는가,

불현듯 나의 좌표가 궁금해져 삼청제三淸堤라 하려다가
가로등 1–546, 하려다가

어젯밤 삐끼 노파 모르게 사진 찍은 수도여인숙으로 하
려다가

산방 아래 외딴집 복숭아꽃으로 한다
맨발로 달려드는 분홍으로 한다

빙어 이불

고관절이 부서진 어머니,
방바닥에 이불을 펼쳐 말리다 움직이지 않는다

—햇볕이 아까워서……
어머니는 기우는 햇볕을 따라가며 당신을 말리는 중이다

눅눅하게 젖어있을 것이다
서리서리 팔십 년을 접어두었던 이불,
오랜 세월의 습기 머금었을 것이므로

나는 케케묵은 곰팡이를 말리자는 속셈으로
이불 안팎을 뒤집어보는 것인데

생의 등고선처럼 자글자글 구겨진 아랫배,
얇고 투명한 살점,
이불의 등뼈가 빙어처럼 또렷하다

오래전 바다를 잊은 채
황혼의 호숫가에 쭈그려 앉은 빙어 한 마리,

햇살의 파랑에 나부끼는 저 이불 속에서
나도 한때 바다를 꿈꾸었나니

늙은 지느러미에 날개가 돋으면
지상의 호수를 떠나 하늘바다로 날아가려니

─두고 보는 게 아까워서……
어머니는 햇볕의 빨랫줄에 당신을 말리는 중이다

이것저것

  새벽차를 타려고 귀를 닦는데 귀에서 이것저것 소리가
날카롭다
  이명과 싸우느라 청춘 다 날린 귀,

  어라, 이것 봐라
  나는 쟁강쟁강 칼날이 튀는 소리가
  이명을 제거하자는 역모 같아서 귀가 솔깃한 것인데

  귀의 텃밭에 지하실에
  이것저것, 수북하다

  이토록 많은 집착을 내 안에 쟁여놓았다니
  이것들이 실은 이명의 씨앗들이 아닌지

  나는 귀를 열고 이것저것을 털어낸다
  이참에 이명의 뿌리까지 제거해 보자는 꿍꿍이로 귓속
을 발칵 뒤집다가

  아차 싶어서 귀를 닫는다
  이렇게 다 비우고 나면 마침내는 내가 버려질 것 같아서

차마 내칠 수 없는 것 몇몇을 주워 들고
슬그머니 귀를 닫는다

자진自盡

　정월 초이틀, 옥천군 동이면 적하리 은행나무집 신용란
여사가 산으로 떠나던 날 한솥밥 먹으며 풍찬노숙을 견딘
은행들이 대문 밖 길바닥에 드러누웠다 나를 두곤 못 간다
며, 차라리 나를 밟고 가라며 꽃상여 같은 영구차 발바닥으
로 부득부득 기어든다

길은 뒤에 있다

안방의 아버지를 떼어내고 시계를 걸었다
바늘의 발소리가 요란하다
쇠톱 괴나리봇짐을 진 아버지보다 둔탁하다
아버지의 자리를 꿰차고 앉았으므로
아버지의 길을 되짚어가는 줄은 나도 안다
식민지 징용부터 오일장 장터까지
아버지가 잘라낸 톱날 같은 발자국들,
예각에 맞추려면 발가락이 다 문드러질 것이다
돌아갈 길이 멀어 쉴 틈도 없다
바늘 하나가 톱날의 발자국을 돌려 놓고
째깍, 숨을 몰아쉰다 얼굴이 환해지는 것이
돌아보아야 걸어갈 길이 보인다는 듯
뒤밟는 시간의 발소리가 가볍다

장마

말복 셋을 누워서 견디는 옹고집의 어머니에게 유리창을 두드리는 저것을 어찌 설명할 방법이 없다

대체 무엇인가
본다 한들 기억하려나

귀도 눈도 캄캄한 어머니보다 내가 더 캄캄해진다

무른 바나나를 따라온 하루살이 한 방울,
어머니의 눈꺼풀 위로
뚝,
떨어진다

눈이 무거웠나 보다
살그머니 눈꺼풀을 닫는다

먼먼 여름,
낡은 기와집 안방 천정에서 떨어지는 양푼의 빗방울 소리를 즐기던 얼굴,
그 고즈넉한 눈빛이다

무른 바나나 떼를 몰고 와서

눈꺼풀 유리창에 하루살이 빗방울을 쏟아부으면

귀도 눈도 환해지려나

멍게의 방

─살아있는 멍게 있습니다

4차선 횡단보도 곁, 깡마른 멍게 장수 사내의 목소리가
금방 구워낸 고구마 속처럼 뜨겁다
우수雨水의 밤이 염천이다

남도에서 예까지 맨발로 걸어온 듯
저 붉은 발가락들, 상처들, 모닥불처럼 끌어안고 견디
는 객지의 하룻밤

저 횡단보도란
살아있는 호떡이며 살아있는 동태, 한때는 살아서 밤마
다 서성대던 아버지까지 무수한 목숨들이 명멸했던
지상의 방 한 칸,

그 차디찬 주검의 구들에 누워 무사하려는지
떠나온 길을 기억만 한다면 사내 몰래 돌아갈 수 있으련만
사내는 분명 멍게의 추측보다 먼 길을 돌아왔을 것이다

그러나 어쩌면 사내보다 멍게가 더 먼 길을 선택했는지

도 모를 일이다
　그게 저를 살리고 사내를 살리는 길이라는 판단으로

　그럼에도 나는 이쯤에서 유랑을 접고 숙면에 들었으면 싶다
　장돌뱅이 괴나리봇짐을 내려놓고 아버지가 떠났듯
　손에 쥔 것 그만 풀어놓았으면 싶다

　그러면 이 방에 든 목숨들을 무심히 스쳐 간 인간들이
　하나둘 다가와 허리를 굽힐 것인즉,

　―통영 멍게 있습니다

　발가락의 상처가 아물었는지 사내가 멍게의 방문을 활짝
연다

석화

강원도 종자산 숲,
별 곁에 앉아 '섬집 아기'를 불렀다

캄캄한 땡볕을 참고 별이 끝까지 들어주었다

도토리 한 알 주워 주머니에 넣으려다 내려놓았다
발가락부터 엉덩이까지 다 얼었다

얼어붙은 몸이 석화石花 같다

어제 내 앞에 서성거리던 다람쥐는 엄마가 틀림없다
무슨 말인가 감추고 떠났지만,

몇 번이고 입을 실룩이는 낯빛이 오래전 마늘밭으로 굴
따러 간 내 엄마를 닮았다

이 숲의 바다,
섬 그늘 어디,

별 곁에 앉아 엄마 기다리는 섬집 아기 있을 듯하다

이명꽃

내 귀는 소문난 꽃의 정원
꽃놀이 온 벌 떼들이 주야장천 입추의 여지가 없다

나는 때때로 복에 겨워 귀뺨을 후려쳐 벌 떼를 쫓으면서도
아내에게조차 꽃밭 한 뼘 분양하지 않은
집착과 욕망의 수전노

기어코 꽃밭을 갈아엎겠다는 아내의 주도면밀한 음모에도
세한, 염천 가리지 않고
벌 떼 같은 꽃이 핀다

적상산赤裳山

벽에 붙은 모기를 향해 손톱을 튕겼더니 날개가 부서진다

서리 맞은 듯 날개가 붉다

저 빛에 이를 때까지 온 생을 걸어왔을 것을,

나도 붉게 물드는 중인 것을,

사계국 몇 뿌리 캐고 붉은 산의 치맛자락을 훔쳐보던 날이다

해 설

존재의 시원으로 회귀하는 시간

이명원(문학평론가, 경희대 후마니타스칼리지 교수)

1.

이번 시집의 입구에는 「심연」이란 단시가 있다.

　노원구 중계본동 산 104-1번지 언덕길의 절정,

　평생을 걸어서 이제야 닿은 듯 유모차를 끌고 가는 노파
가 막 가라앉고 있다

　저 바닥에 이르려면 나는 아직 멀었다
　　　　　　　　　　　　　　　　　　　—「심연」 전문

3연의 짧은 시인데, 이것은 이 시집에서 시인 이강산이
보여 주는 존재론적 탐구의 기본적 태도를 보여 주는 것으
로 내게는 느껴진다. 하나의 일상적인 풍경이 그의 눈 앞에
펼쳐진다. "산 104-1번지"가 보여 주듯 그곳은 서울에서도
이제는 마지막 남은 산동네, 아마도 백사마을로 불리는 최
후의 달동네일 것이다. "언덕길의 절정"이라는 표현은 단지
이 장소의 공간적 고도만을 지시하는 게 아닌 것으로 보이
는데, 왜냐하면 거기에는 "유모차를 끌고 가는 노파"의 평
생이 깃들어 있는 것이기 때문이다. 아마도 그 "노파"는 근
육과 관절이 쇠약해져 몸을 지탱하기 위한 수단으로 "유모
차를 끌고 가는" 것일 터이다. 이 산동네 "언덕길의 절정"
을 시인은 "노파"의 삶의 한 "절정"으로 인식하고 있고, 노
년의 육체적 쇠락에 기댄 풍경을 관조하며 "노파가 막 가
라앉고 있다"고 말한다. 그런데 이러한 시적 진술은 단순
한 육체의 쇠락을 의미하는 것이 아니다. 시인은 "노파"로
부터 삶의 "심연"을 본다. 지금 시인의 눈앞에 있는 노파는
삶의 "심연"에 도달하고 있거나 이미 경험한 존재의 상징으
로 제시되며, 그렇기 때문에 "저 바닥에 이르려면 나는 아
직 멀었다"는 탄식 혹은 깨달음이 울려 퍼지게 되는 것이다.

 "저 바닥"은 삶의 기원으로부터 여러 복마전의 경험을 거
쳐, 아마도 죽음이라는 존재의 심연으로 "가라앉"게 될 인
생의 보편적인 상징으로서 시인이 감각하게 된 한 표현일
것이다. 이 상징적 풍경 앞에서 시인의 무의식은 매혹과 공
포를 동시에 느끼게 되는데, "저 바닥에 이르려면 나는 아

직 멀었다"라는 진술은 그래서 양가적이다. 시적 자아는 "저 바닥에 이르"는 삶의 한 과정에 있으므로, 노파의 모습에서 미래의 "나"를 발견한다. 그러나 또 다른 시적 자아는, 아니다. 나는 아직 저 바닥, 그러니까 존재를 둘러싸고 있는 삶의 비밀에 다가가지 못하고 있다고 생각한다. 물론 이것은 시를 읽고 있는 비평가의 추론이지, 시인이 실제로 이러한 사유를 의식적으로 전개시켰다고 말할 수는 없다. 그러나 일상의 흔한 풍경 속에서 존재의 심연을 발견하는 것이야말로 견자見者로서의 시인의 존재근거 아닌가.

이번 시집에 수록되어 있는 이강산의 시들은 삶을 울창한 "심연"으로 경험하면서, 그것의 존재론적 의미를 숙고하고자 하는 태도가 매우 잘 나타나 있는 작품들로 구성되어 있다. 이 시집에서 가장 눈에 띄는 특징은 무엇보다도, 시적 화자의 면모가 일종의 순례자 혹은 방랑자, 시인의 표현을 빌리면 "역마의 속병"(「풍탁風鐸」)을 앓는 존재로 나타나고 있다는 것이다. 그것을 하이데거식 표현으로 바꾸면 호모 비아토Homo Viator로 명명하는 게 가능할 텐데, 이것은 "근원적 고향을 상실하고 정처 없이 떠도는 영원한 실향민"(윤병렬)을 의미한다. 여기서의 고향은 존재의 시원을 의미한다.

지금까지 채운 것 다 비우고 호수는 물뿐이다
바람의 손끝만 닿아도 심연까지 번지는 저 투명한 공명
이라니

강원여인숙 102호실 문밖,

어느 방에선가 여인의 소리도 호수처럼 맑다

만 원짜리 지폐 두 장만으로도 떨리는 저 여인의 풍경

이라니

세상의 호수와 여인숙을 건너 가까스로 이순의 추녀에

매달린 나는

아직 숨소리조차 둔탁한 쇠뭉치

역마의 속병이 도지는 어느 땐가 뼛속까지 가벼워지겠지만

지금은 한 점 소리가 목마른 때,

탁란처럼 나를 두들겨줄 바람이여

—「풍탁風鐸」 전문

위의 시에는 "강원여인숙 102호실"이 등장하고 있지만,
이외에도 이 시집에는 숱한 여인숙이 등장한다. "고향여
인숙 9호실"(「손님」), "역전여인숙 순천 여자"(「향수 경매장」),
"성도여인숙 0.8평 달방"(「오늘」), '바닷가 여인숙 201호실'
(「홍어」), "정선 동백여인숙"과 "청량리 천일여인숙"(「장미여인
숙」), "원앙여인숙"(「순정한 시간」) 등이 그것이다.

시적 자아의 일시적 거주 장소로 이렇게 많은 여인숙이
등장하는 시집도 드물 것인데, 이는 시인이 그 자신도 알
수 없는 "역마의 속병"에 시달리면서, 존재의 근원적 의미

를 끝없이 묻고 있다는 것을 우리에게 알려 준다. 그가 "속병"처럼 여인숙의 "달방"을 전전하는 표면적인 이유는 사진작가로서의 그의 주기적인 출사 작업 탓이겠지만, 그 자신조차 그 원인을 논리적으로 해명하기 어려운 근원적인 삶의 결핍이 그를 끝없는 순례의 길로 이끌고 있는 것 같다. 그것을 우리가 앞에서 인용한 하이데거적 의미에서의 호모 비아토라는 개념을 연결시켜 설명한다면, 일상성으로 요약되는 생활 세계의 현실이 그에게는 어느 순간부터인가 자신의 고유한 본래성으로부터 벗어난 것으로 느껴졌을 것이고, 따라서 존재의 본질 혹은 시원을 찾아가는 작업을 진행하는 과정에서 "역마의 속병"이 자기도 모르게 도진 게 아닐까 생각된다.

위의 시의 1행에서 시인은 "지금까지 채운 것 다 비우고 호수는 물뿐이다"라고 말한다. 이때 호수는 시인의 마음에 대한 객관적 상관물이다. 이렇게 시인이 말하고 있는 것은 저 호수와 달리 나는 일상 속에서 끝없이 무엇인가를 채우고 있을 뿐 "다 비우"는 마음의 평정에 도달하지 못했다는 것을 의미한다. 그가 거처를 정하고 있는 여인숙의 다른 방에서는 "호수처럼 맑"은 여인의 "떨리는" 목소리가 울려 퍼진다. 아마도 이는 "만 원짜리 지폐 두 장"을 받고 치르는 여인의 교성嬌聲일 터인데, 이조차도 시인은 "호수처럼 맑다"고 쓰고 있다. 이런 진술 속에는 시정의 욕망조차도 체념하거나 비워버려, 저만치 거리를 두고 있는 존재의 본질에 "목마른" "이순"의 자기 인식은 물론, "숨소리조차 둔탁

한 쇠뭉치"에 불과하다며 자책하면서 삶의 갈증과 불안을
느끼는 시적 자아가 있다.

2.

　삶의 갈증과 불안은 어디서 오는가. 그것은 시인의 일상
이 비본질적인 것으로 둘러싸여 있다고 느끼기 때문이다.
삶을 생기로 가득하게 했던 장소와 기억으로부터 그가 언젠
가부터 이탈해 있다고 느끼기 때문은 아닐까?

　옥천 지나다 발목을 잡혀 골동품 경매장에 들어섰더니
별의 향수 바람의 향수 봄비의 향수 사슴의 향수, 온갖 향
수 골동품들이 다 있다

　사람의 향수 빼고 다 있다

　어깨 수술을 한 나는 이참에 가벼워져야겠다는 꿍꿍이
로 금산 중앙극장의 '빨간 마후라'며 첫돌에 피가 멈춘 쌍
둥이 동생이며 역전여인숙 순천 여자며

　내 모든 최초의 골동품을 꺼내는데 향수 맛이 부족한지
낙찰이 되질 않는다
　　　　　　　　　　　　　　　　　─「향수 경매장」 전문

위의 시에서 시인은 우연히 골동품 경매장에 들렀다가 뜻하지 않게 "사람의 향수", 더 정확하게는 과거에의 향수(nostalgia)에 빠져든다. 고향인 금산에서 처음으로 영화를 보았던 기억, 첫돌이 되자마자 죽어버린 쌍둥이 동생에 대한 회상, 역전여인숙의 순천 여자와 같은 과거의 기억들이 한꺼번에 떠올라, 이것이야말로 내 삶을 진열할 만한 "사람의 향수"가 아니겠는가, 동음이의어가 초래한 자유연상에 빠져든다. 하지만 그 고유한 기억은 오직 자기만의 내밀한 것이어서 "낙찰"되지 않으리라 생각한다. 그러나 돌이켜 생각해 보면 이것은 반어다. "사람의 향수" 또는 삶의 향기라는 것은 현재의 나를 있게 한 사건과 기억들, 그것의 짜임과 스밈에 있는 것이기 때문이다. 기쁨과 고통, 경이와 슬픔과 같은 언표화될 수 없는 무수한 경험과 정동들이 지금의 나를 있게 한 것이고, 그것은 시간이 지나도 완전히 망각되지 않고 무의식의 서랍 속에 은밀하게 보존되어 있다가, 어떤 자극과 계기를 만나면 위의 시에서처럼 돌연 현재화되는 것이다.

그것을 「맑은소머리국밥」에서는 "생의 탁류에 휩쓸"리는 것과 같다고 시인은 말한다.

저만치 낮술을 홀짝이는,

영 서툰 술 솜씨의 여자는 잘해야 마흔두엇, 그 어름

나보다 이십 년쯤 앞에서 생의 탁류에 휩쓸렸구나,

힐긋힐긋 맑은소머리국밥을 먹는다

꽃이든 상처든 무엇인가 손에 거머쥐지 않고서야
저렇듯 확고한 침묵일 수 없는 노릇,

여자는 내 불순을 읽은 듯
내게 해명할 겨를도 주지 않고 홀로 막장처럼 깊어진다

몇 굽이 물살을 건너와 잠시 쉬는 나는
그만 일어서려 하지만 국밥이 발목을 잡는 것이어서

마주 앉은 채 공연히 민망해지다가
당장이라도 소의 눈물을 떨굴 것만 같은 여자와 국밥과
낮술의 필연에 골똘해지다가

불현듯 생의 골짜기를 휘어 도는 나의 탁류가 눈에 밟혀
조용히 맑은소머리국밥을 휘젓는 것이다
—「맑은소머리국밥」 전문

타자他者에게서 "나"를 보는 것은, 타자가 "나"의 거울일
수 있기 때문이다. 호수를 고요히 응시하면서, 그 파문이
때로 기묘하다고 느껴지는 것은 호수 역시 자기의 마음을
비추어볼 수 있는 거울로 감각되기 때문이다. 그런데 시인
이 관찰하는 모든 대상은 무의식의 흐름에서 말하자면, 거

꾸로 시인을 응시(gaze)하고 있는 대상이자 또 다른 시인의 자아이다.

위의 시에서 시인 즉 시적 화자는 "힐긋힐긋 맑은소머리국밥을 먹는" "마흔두엇"의 "여자"를 바라본다. "저만치" 안전한 거리에서 "낮술을 홀짝"이기 때문인데, 소머리국밥을 먹는 여자의 포즈를 "힐긋힐긋"이라 형용하고 있지만, 사실은 그녀를 바라보는 "나"의 시선과 태도를 의미한다. "여자"의 마음속으로 테이블 건너편의 "나"가 들어갈 수는 없음에도 불구하고, "나보다 이십 년쯤 앞에서 생의 탁류에 휩쓸렸구나"라고 시인은 그녀의 마음을 단정 혹은 유추한다. 그런데 이러한 단정과 유추는 거꾸로 시인 자신이 자기의 삶을 "생의 탁류에 휩쓸"린 것으로 간주하고 있다는 것을 반사적으로 보여 주는 것이다.

시적 상황 자체만 보면, "여자"는 "저만치" 떨어진 위치에서 그저 술과 국밥을 먹고 있을 뿐이다. 그것을 시인은 "확고한 침묵"이라고 표현한다. 오히려 분주해지는 것은 시인의 마음이다. 그 마음의 움직임을 "국밥이 발목을 잡는"다고 말하면서, 홀로 "공연히 민망해"진 시인이 "국밥과 낮술의 필연에 골똘해"지는 것으로 발전한다. "마주 앉은 채"라는 표현은 "여자"와 "나"가 실제로 마주 앉은 것이 아니라, 여자의 포즈에서 "불현듯 생의 골짜기를 휘어 도는 나의 탁류"를 발견한 "나"의 마음의 뜻 모를 분주함을 의미하는 것이다. 더 정확하게는 지금 현재의 "나"가 자기의 삶을 둘러싼 혼탁과 고뇌에 휩쓸려 있음을, "여자"로부터 발견했다는 것을 의미하는데, 그것은 "여자"의 저 제스처와 포즈가 현재의 자기가 처해 있는 상황을 거울처럼 반영하고 있는 것은 아닌가 하는 기묘한 자문일 것이다. 타자에게서 자기 마음의 잔상을 발견하게 되었다고나 할까?

그렇다면 시인은 왜 스스로의 삶을 "탁류에 휩쓸"렸다고 느끼는 것일까? 시집을 통독해 보아도 그것의 구체적인 원인을 찾기는 어렵다. 삶의 탁류를 형성하게 만든 구체적 사건이 숨겨져 있다는 점에서, 이 "탁류"의 내면화된 감각은 생활상의 구체화된 고난을 의미하는 것보다는 존재론적인 고뇌로 우리는 이해할 필요가 있다. 가령 「섬」이라는 작품에서 시인은,

오늘까지 내게 정박하고도 나를 찾지 못한 것처럼

이 섬에서 내가 찍지 못한 사진 한 점,

—「섬」 전문

이라고 말한다. "내게 정박하고도 나를 찾지 못한"다는 말은 하나의 수수께끼처럼 들리고, 삶의 아이러니에 대한 인식인 것처럼도 느껴진다. 가령 질문을 바꿔서 시인의 말을 우리는 이렇게 전할 수도 있을 것이다. 지금 이곳에 있는 것은 "나"다. 그런데 이 "나"는 내가 누구인지 모르겠다. 이것은 사회적 장 안에서의 정체성(identity)에 대한 물음이라기보다는, '나'라고 하는 존재(Sein)에 대한 명료한 응답이

있을 수 없다는 점에서 발성되는 보다 근원적인 물음이다. 이 존재론적인 물음은 시인이 "이순"을 넘어서면서 해명되는 것이 아니라, 오히려 더 모호해지게 되는데, 그러면 그럴수록 근원적 존재에의 향수와 탐문은 더욱 강렬해진다.

3.

존재론적인 방황과 순례의 도정에 있는 시인은 문득, 그의 내부로부터 너무나 많은 소리들이 한꺼번에 쏟아져 나오고 있는 상황에 당황한다. 하나의 의미나 감각으로 응축될 수 없는 이 소리들의 난립은 가히 복마전이라고 말해도 지나치지 않을 누적된 편력의 은유이다.

새벽차를 타려고 귀를 닦는데 귀에서 이것저것 소리가
날카롭다
이명과 싸우느라 청춘 다 날린 귀,

어라, 이것 봐라
나는 쟁강쟁강 칼날이 튀는 소리가
이명을 제거하자는 역모 같아서 귀가 솔깃한 것인데

귀의 텃밭에 지하실에
이것저것, 수북하다

이토록 많은 집착을 내 안에 쟁여놓았다니
이것들이 실은 이명의 씨앗들이 아닌지

나는 귀를 열고 이것저것을 털어낸다
이참에 이명의 뿌리까지 제거해 보자는 꿍꿍이로 귓속
을 발칵 뒤집다가

아차 싶어서 귀를 닫는다
이렇게 다 비우고 나면 마침내는 내가 버려질 것 같아서

차마 내칠 수 없는 것 몇몇을 주워 들고
슬그머니 귀를 닫는다

—「이것저것」 전문

위의 시에서의 "이명"은 단지 신체의 균형이 깨어진 데서
나타난 증상에 그치는 것이 아니다. "청춘 다 날린 귀"라는
표현에서 감지되는 것은 그 삶의 편력 속에서 직면해야 했
던 "이토록 많은 집착"들이 징후적 증상의 형태로 은유화된
것이다. 시인은 어느 날 문득 끝없이 재발되는 이러한 증상
을 경험하면서 "이토록 많은 집착을 내 안에 쟁여놓았다니"
하고 놀란다. 그리고는 "이참에 이명의 뿌리까지 제거해 보
자"는, 그러니까 자신을 고통으로 내몰았던 집착의 사슬을
끊어버리는 것은 어떤가 하는 생각에 도달한다.

그러나 그것은 가능한 일인가. "이렇게 다 비우고 나면

마침내는 내가 버려질 것 같"다는 두려움에 빠지기도 한다. 고통을 유발한 개개의 집착들이야말로 부정할 수 없는 현재의 나를 형성해 온 기억들이기 때문일 것이다. "차마 내칠 수 없는 것 몇몇을 주워 들고/ 슬그머니 귀를 닫는다"는 진술은 현재의 나를 형성한 가장 본질적인 기억들과 욕망들을 보존함으로써만, 나는 나로서 존재할 수 있다는 것을 방법적으로 긍정하는 태도이다. 그조차도 없다면 삶이란 무엇이겠는가. 여기서 나는 문득 모든 욕망을 비워 버리고 난 후에 남는 삶의 한계상황, 즉 죽음에 대한 시인의 불안을 읽어낸다.

가령 「탁류」에도 비슷한 불안이 나타난다. "흐린 기억들이 나를 맑게 한다// 기억의 탁류에 휩쓸려 여기까지 왔다// 오는 동안 자정自淨을 거듭했으니// 나 한 컵 따라서 마실 만하겠다". 이 시에서의 "흐린 기억"은 「이것저것」에서의 이명이 시각화된 것이다. "흐린 기억들이 나를 맑게 한다"는 것은 시인의 삶이란 탁류와 같은 삶이었지만, 그 것이야말로 나를 형성시킨 것은 부정할 수 없는데, 그럼에도 불구하고 자정自淨, 그러니까 존재론적 전환에의 열망은 버리지 않았으니, 이는 긍정할 만하다는 산문적 의미를 피력하고 있다.

그렇다면 이명의 완전한 소멸, 자정自淨의 끝은 무엇일까? 거기에는 죽음에 대한 끈질긴 예감이 숨겨져 있다. "나는 나를 만나러 가는 듯 종종 주검을 향해 떠날 때마다 차라리 아주 느려서 끝내는 닿지도 못할 열차에 대한 예감을 은근슬쩍 즐기는 것이다"(「즐거운 예감」)라는 진술에서의 그 "예감" 말이다.

삶의 한 국면에서 이강산 시인은 '죽음'의 문제에 대해 골똘히 생각한 계기가 있었을 것이다. 죽음 앞에서 자기를 끌고 가던 모든 욕망들, 언어들, 행위들이 완전한 침묵, 존재의 무無로 환원되는 것의 의미에 대해서 묻곤 했을 것이다. 그가 시와 소설을 쓰는 한편에서 사진 작업에 그토록 오랫동안 몰두해 온 것은, 이런 유추가 가능하다면 사진이야말로 피사체의 죽음을 방부 처리하는 가장 마술적 작업이기 때문은 아니었을까. 현존하는 부재, 부재하는 현존이라는 말이 그냥 쓰면 말장난처럼 보이지만, 사진이라는 양식이야말로 이 현존과 부재의 마술적인 결합을 작업의 본질로 하는 것이다. 사진 속에 재현된 피사체들은 그것이 지금 내 눈앞에 현전하지만, 반대로 그것은 이미 이곳에 없다는 것을 웅변하는 침묵의 예술이 아니던가.

그런데 생각해 보면, 이 죽음의 인식이야말로 '나'라고 하는 존재자의 무상성과 유한성을 강하게 예감하게 만들면서도, 생멸生滅의 과정을 피할 수 없는 존재의 본질을 명료하게 드러내는 것이 아닐 것인가.

그러니까 고향 금성면 하류리 상가의 병풍 너머 목관 썩
는 냄새가 진동하던 그 말복이다

벚나무 겨드랑이 어디, 갈비뼈 근처 어딘가 매미들이 8

114

촌 조부처럼 절명의 곡哭 흩날리던 그 폭염이다

　토끼와 개와 닭과 미꾸라지의 주검 곁에 앉은 사람들,
문상하듯 차례차례 고개 꺾는 염천,

　그 염천의 지게 짊어지다 고꾸라진 조부의 유언, 벚꽃 피
는 날 꽃 잔치나 벌여야겠다, 그 궁핍한 유언,

　다 잊은 척 토끼와 개와 닭과 미꾸라지가 육두문자를 날
리며 윷판이나 벌리면 딱 좋은 말복이다
　　　　　　　　　　　　　　　　　—「벚꽃식당」 전문

　위의 시의 현재 시간은 염천의 "말복"이다. 지금 "벚꽃
식당"에는 "토끼와 개와 닭과 미꾸라지"를 보양식으로 먹기
위한 사람들이 모여있다. 거기에는 시인 역시 동석하고 있
었을 것이다. 그런데 시인은 거기에서 "조부"의 죽음을 떠
올린다. 과거 시간이다. 조부가 절명한 것은 이 염천의 복
날 즈음이었다. 이를 시인은 "그러니까 고향 금성면 하류리
상가의 병풍 너머 목관 썩는 냄새가 진동하던 그 말복"이라
고 표현한다.
　"목관 썩는 냄새"에서 시인이 일차적으로 회상하는 것은
'죽음'이 초래하는 후각적 불쾌감, 어쩌면 끔찍함의 감각이
다. 생명으로 충만했던 육체가 사체死體로 전락하고, 부패
하면서 풍겨내는 '썩는 냄새의 진동'은 살아있는 자들로 하

여금 그들이 의식의 영역으로부터 추방하고자 했던 죽음의 적나라한 물리적 현존을 보여 준다. 그 썩어 진동하는 냄새는 복날의 활기나 보양과는 완전히 무관한 다른 차원의 그로테스크한 실재적 감각을 강력하게 암시한다. 살아있는 자들에게 그것은 자신들 역시 그렇게 썩어질 육체의 소유자임을 각성시키는 것인데, 이로부터 삶을 둘러싼 유한성의 자각이라는 존재에의 의식이 떠오르게 되는 것이다.

죽음의 끝에는 무엇이 있을까. 그것은 유기체의 완전한 무無에 불과한 것일까? 그런데 조부의 "궁핍한 유언"은 죽음 이후에도 끝나지 않는 인간다운 비전이 있다는 것이 드러난다. 이를테면 "벚꽃 피는 날 꽃 잔치나 벌여야겠다"는 말이 그렇다. 이것은 죽어가는 자의 애통해 하는 진술로 보이지 않는다. 죽어가면서도 죽음으로도 결코 소멸시킬 수 없는 인간다운 삶에 대한 애착과 관조의 태도가 날카롭다. "벚꽃 피는 날"을 죽어가는 조부가 볼 수는 없다. 그것은 살아서 다음 해의 벚꽃 피는 날을 대면할 수 있을 때 가능한 불가능한 희망이다. 사자死者로 이행하는 입장에서 보면, "벚꽃 피는 날"의 "꽃 잔치"는 실현될 수 없는 잠재적 미래에의 욕망이다.

이 욕망은 죽음으로도 끊을 수 없는 인간다운 희망의 다른 말일 텐데, 현재 시간의 시인은 어느 "말복"의 날에 "토끼와 개와 닭과 미꾸라지의 주검" 앞에서, 그것을 먹는 자신을 바라보며, 동시에 조부의 죽음을 생각하며, 삶과 죽음을 결코 별개의 차원으로 분리시킬 수 없는 동시적 현존의 문제에 대해 생각하게 되는 것이다. 그러다 보니 "말복"의 보양식을 먹는 일이 마치 "문상하듯 차례차례 고개"를 꺾는 것으로 낯설게 느껴진다. 조부의 "궁핍한 유언"을 생각하니, 저 인간들을 위해 죽어간 "토끼와 개와 닭과 미꾸라지" 역시 "육두문자를 날리며 윷판이나 벌리"는 "꽃 잔치"를 벌여야 할 존재가 아닌가라는 생각에 빠져든다.

"말복"의 어느 날 시인이 직면한 생사동거生死同居에 대한 시적 재인식은 죽음을 의식하면서 살아갈 수밖에 없는 인간의 존재론적 근거에 대해 생각하게 만드는 것이다.

4.

죽음을 의식한다는 것은 시간 속에서 삶이 유한하다는 것을 자각하는 일이다. 이것은 동시에 현재의 "나"를 구성하고 있는 것의 본질이 시간에 있음을 의미하는 것이다. 이렇게 존재론적 시간을 강하게 의식할 때, 나를 가능케 한 기원의 문제를 피해 갈 수 없는데, 이 시집의 4부에서는 그래서 그런지는 몰라도, 가족사를 둘러싼 시인의 정념과 인식이 핍진하고도 구체적으로 잘 드러나 있다. 개별 시편들에 대한 세세한 독해는 독자 여러분들에게 맡기기로 하고, 여기에서는 「길은 뒤에 있다」를 잠시 음미해 보고자 한다.

안방의 아버지를 떼어내고 시계를 걸었다

바늘의 발소리가 요란하다

쇠톱 괴나리봇짐을 진 아버지보다 둔탁하다

아버지의 자리를 꿰차고 앉았으므로

아버지의 길을 되짚어가는 줄은 나도 안다

식민지 징용부터 오일장 장터까지

아버지가 잘라낸 톱날 같은 발자국들,

예각에 맞추려면 발가락이 다 문드러질 것이다

돌아갈 길이 멀어 쉴 틈도 없다

바늘 하나가 톱날의 발자국을 돌려 놓고

째깍, 숨을 몰아쉰다 얼굴이 환해지는 것이

돌아보아야 걸어갈 길이 보인다는 듯

뒤밟는 시간의 발소리가 가볍다

—「길은 뒤에 있다」 전문

위의 시의 도입부에서 시인은 "안방의 아버지를 떼어내고 시계를 걸었다"고 진술하고 있다. 아버지의 사진을 뗀 자리에 시계를 걸었다는 것이다. 사진 속의 아버지는 지금은 돌아가고 없는 부재하는 현존이다. 인간의 삶이 시간 속에서 유한한 것이라면, 시간을 공간화한 사진은 그것을 부정함으로써 유한성에 대한 인식을 거부한다. 그런데 아버지의 사진 대신 시계를 걸었다는 것은 시인이 바야흐로 시간을 의식하게 되었을 뿐만 아니라, 진행되는 시간의 축 위에 자신의 삶을 의식하게 되었음을 의미한다.

이때 째깍거리는 "바늘의 발소리"는 시간의 직선적 진행을 의미하지만, 시인의 상상은 그것을 거슬러 거꾸로 시간을 역행한다. 시간을 역행해 거슬러 오르게 할 수 있는 것은 회상과 기억 때문이다. 그 회상과 기억 속에서 "쇠톱 괴나리봇짐을 진 아버지"는 상상적으로 현실화된다. 「순정한 시간」에서도 '아버지의 시간'은 반복되는데, "눈 내리는 장터바닥이었다/ 톱 장수 아버지의 가마니 위에 쭈그리고 앉아 지폐를 세던 어린 날// 장돌뱅이 역마의 습작이 눈사람처럼 쌓이던/ 순백의 밤"이라 시인은 진술하고 있다.

시인의 아버지는 장터를 전전하는 장돌뱅이 톱 장수였다. 아마도 시인은 그런 아버지를 따라 장터에 나가 돕기도 하였을 것인데, 그것이 시인에게는 삶을 결정짓는 일종의 원체험(original experience)으로 각인된 "순정한 시간"이었을 것이다. 지금까지 우리가 이 시집을 읽어왔듯이 이 원체험적 시간은 '아버지의 시간'일 뿐만 아니라, 자신의 삶 속에서도 반복적으로 율동하는 순례의 시간을 초래한다. 그의 방황과 순례는 아버지의 방황과 순례를 시간 속에서, 마술적으로 혹은 운명적으로 재현하는 것으로 볼 수 있다. 그 무의식적 재현과 인생 유전 속에는 그 스스로도 어쩔 수 없는 "순정한 시간" 혹은 존재의 시원으로 거슬러 올라가는 정념에 대한 거부할 수 없는 욕망이 숨어있다.

「길은 뒤에 있다」라는 표제에서 드러나듯이, 그는 삶이 직선적으로 전진하는 시간 속에 있는 것이 아니라 "뒤밟는 시간" 속에 있다고 생각한다. 이러한 생각과 깨달음은 그가 자신의 고유한 삶 속에서 경험한 "탁류"와 같은 편력 속에서 조우한 "심연"이 그의 삶을 존재론적으로 전환시켰기 때문에 가능해진 태도이다. "돌아보아야 걸어갈 길이 보인다는 듯/ 뒤밟는 시간의 발소리가 가볍다"라는 진술은, 그렇기 때문에 미래의 시간이 아니라, 자신이 출발한 존재론적 시원始元을 응시하고 음미해 나가는 과정이 "이순"에 이른 삶의 의미를 해명하는 근본적인 조건이라는 것을 그가 인식하고 있음을 의미한다. 인간이 상상한 모든 유토피아는 미래가 아닌 과거에 있는 것인데, 존재론적 본질이라는 것이 있다면 무無로 환원되는 미래가 아니라, 그의 기억과 감각과 정념을 형성시킨 촘촘한 과거로 거슬러 올라감으로써만, 자기를 해명할 수 있다는 것이 이 시집에서 이강산이 보여 주고 있는 일관된 시적 태도이자 인식이다.

그런 점에서 이 시집은 존재론적 시원으로 회귀하는 시간의 문제를 질문하고 있는 시편들로 가득하다고 볼 수 있다. 물론 회귀하는 시간 속에서 우리는 이강산이 관통해 온 구체화된 삶의 핍진성에 대해 오래도록 생각하게 된다.